CLOUD

吉田淳美歌集

青磁社

CLOUD＊目次

I

II

III

吉田淳美歌集

CLOUD

クラウド

I

COVID19

地下鉄の中に日の射して目を上げるコロナこのように終わってくれぬか

＊

地球人の会話妨げるＣＯＶＩＤ１９　火星人が襲ってくるかも

ツバキの花がそこら一面散り敷いてウイルスのようで踏み込めぬ庭

入学式の集合写真撮れぬまま四角く閉じ込められる新入生

乳くさき匂いと肌の柔らかさに触れられぬままみどりご三月《みつき》に

四か月目にやっと触れたるみどりごは花びら餅のようで食べたい

桜を継ぎ植込みのツツジ満開に見る人を待たず咲き続く花

断捨離をしている春の何もかも欲しいような欲しくないような

メガネかけマスクをかけてイヤリングさらにイヤホン耳が忙《せわ》しい

換気のため窓にカーテンを戦がせて今ウイルスと戦っています

宿主《やどぬし》とともに死にゆくウイルスよ今回少しやり過ぎではないか

ゴミ出しがメルクマールである日々にただ倦んでいる私にも倦んで

知らぬ間に裕子さんより長生きしコロナにも負けぬ蟬声を聞く

Curfew《カーフュー》（夜間外出禁止令）とは火を蔽うのが語源とか灯りの消えた夜の街見ゆ

夏が行き整理しているハガキには会合中止を告げる幾枚

眠れぬ夜救急車の音近づきて遠のきてゆくあしたを乗せて

深くお眠り

はやり病で多くの人が死ぬことを忘れてしまって何年経つの

かんたんに多くの人は死ぬのだよ死ぬのだとCOVID19

（たぶん）ウニのぬいぐるみ持つ二人いてコロナのような触手を触る

映画館、ファストフードもみな予約コロナ私から偶然を奪う

マスクした人とマスクなき我とどちらが怪し地下鉄の中

はだか祭り中止となった参道にイルミネーション、映《ば》えスポットも

暇すぎてオムレツを焼く練習をしていた時が前にもあった

資産寄付し大学造りし人の名を校名に残すジョンズ・ホプキンズ

コロナ禍に作るセーターやマフラーに鈍色の日々も編み込まれゆく

TVに見るクリスマス近きロンドンのフェイスガードに映るイルミネーション

コロナ退治に湿度も大事とクリスマスプレゼントに買う温湿度計

返却本の棚の中から『ちびまる子ちゃん』二冊を拾う籠りて一年

地下駅に響く自分の足音に脅えてしまう疎もまた恐ろし

寝床の中で聞いたあの声「もう帰ります」どうぞと答えてまた寝たはずだ

あの声の主がコロナであったなら早く帰って深くお眠り

オリンピック、パンデミック

オリンピック、パンデミック韻を踏む二つのことに揺れて六月

いつだって「安心、安全」を措辞として首相は何も語っていない

同じ数値なれども発令の時は高いと言い解除の時は低いというべし

科学の世のコロナ退治に金鯱って何ナンと思えども　ナゴヤ

降臨した鯱のうろこの一枚に刻印の見ゆＫ１８と

梅雨寒の美術館にて手をかざし３５．２度を計られている

大粒の黒い雨のように桑の実が地上を汚す森のはずれに

反対など聞こえぬように粛々とオリンピックが近づいている

そもそもはあの言葉から始まった「アンダー・コントロール」呪いのような

誰のためのオリンピックか　あの人とアノ人のため少数精鋭

反対を無視して五輪をやる政府ボクらも勝手にやってよかろう

ひっかかるところ多すぎてオリンピアの女神の裳裾もうぼろぼろに

雲の中に雲もちて描く五輪マーク時折見えてときおり隠れる

やるかどうかわからぬことに人はとまどう　開会式のパフォーマンス

東京の夏の暑さは酷いっていまさら何を　セミもジリジリ

目に見えるパラレル・ワールド最多数を誇るメダルと感染者数

新製品のアイス食べつつ見るテレビやってよかったのかオリンピック

白ワイシャツ

春はいつ来るのだろうか風冷えの町川渡りあともう少し

地面から上がるかすかな春の気を今日も北風が剝ぎとって行く

街路樹に形を見せて翻る白ワイシャツよそこは自由か

さっそうと五月きょうから毎日は平成最後の○月○日

辛夷の花として散ることもできず白シャツは今も樹上の風に揺れいる

青嵐

青嵐あなたにひとつ言い出せぬことを抱えて快速を待つ

駐車場の車足枷はめられて五月雨は降るその足元に

町の花屋に並ぶひまわり善き人からやはり召されるような気がする

真夏日の午後の美容室鏡に立つ細き男を見ておれば消える

塗りたての白線炎暑にまぶしくてゼブラゾーンにくらむ足元

文鎮

タテに見る放射線量0の中に2がひとつだけ福島の値

原発の稼働差し止め示す文字の角が丸くて重さが足りぬ

あの日から失われしは東北にて海を眺める楽しさの夏

そろばん型文鎮はもうありません工場が津波で流されてから

忘れずにいたつもりだった三年半新たに津波を突き付けられて

声ひそめる時々詰まる小《ち》さく笑う被災の友と電話に話せば

おトク

新聞の株価並ぶ面おとといの黒タイル消えきょう白き朝

インフレは2%にとどめたい　とどめられぬのがインフレだろう

少しだけ子の勧めにて投資すれば経済面も色づきて見ゆ

ゲーム収益で社会潤うという世の仕組みどこかおかしくありませんか

目の前のおトクについつい乗ることが格差を一層あおっているのに

変な詐欺が流行っていますとあやしげな電話がかかるたぶんサギ師から

スマートフォン駆使して予約してくれた映画の席のどこか窮屈

スーパーのレジに見張られているらしいいつも買うガムの割引券出る

お金には持ち主の名は書いてないと父は言ったが　カードにサイン
雲《クラウド》と呼ばれ漂うらしきものに私の大事は預けられない

留置場

母校の南に留置場は高くそびえオウムの死刑囚ただ刑を待つ

高校時代毎日眺め通りたりそこに刑場あることを知らず

平成を閉じゆくように同時代を揺るがせた罪への罰急がれぬ

転　生

―クリムト「水蛇」に寄す―　長歌 ver.

わだつみの　海底深く　水の色　暗く鎮まり　日の光　射すこともな
く　砂もただ　黒くあるはずを　ひとところ　金に輝く　その上に
ひざまずくように　女ふたり　生きているのか　目は閉じて　死んで
いるのか　声立てず　腕をからませ　体合わせ　波を打ちたる　金髪
の　やはりからんで　下がりきた　緑色の藻　髪の上　なおからみつ

く　腰あたり　色が変わりて　きらきらと　金の模様は　東洋の　織り思わせて　妖しくも　煌めきたるが　中ほどに　うろこも見えて　そのうちに　織り文様も　鱗へと　変わりゆくのか　生い茂る　水草もまた　金に染まりて　そよぎいるのが　いつか朽ち　砂金となるか　暗中の　金の炸裂　東北の　かって過ごした　福島に　燦燦と受けた　陽光が　ここにはじけて　この者らを　飾りたるのか　あのときの　大震災に　ともに逃げ　ともに呑まれて　海底に　たどりつきたる　このふたり　泣いただろうに　誰も来ず　呼んだだろうに　答えなく　抱《いだ》き合ううち　根が生えて　ゆらりゆうらり　今はただ　暗

き水底の　花のごと　咲きほこりたる　水蛇も　姿あらわし　少しず
つ　身体を巻いて　誘うか　蛇のかたちへ　ふたりして　草の生えな
い　地をよそに　この豊穣の　大海に　生きんと思う　新しき　いの
ち受けたる　女たちが　力強くも　とこしえに　生きることこそ　大《おお》
地震《ない》に　命失くした　おおぜいの　はらからたちや　無事逃れ　祈り
つつ暮らす　者たちの　遥かな願い　心からの願い

反歌　　三陸の沖のどこかにいなくなった女がふたり水蛇となる

II

利尻富士

こんなにも雲かからぬのは珍しいと言われてひと日望む利尻富士

この海の向こうにもまだ陸はあると聞けば行きたしサハリン・ロシア

岬の碑一日幾度も流れる歌それをうたう人の名は記されず

岸壁に綱投げられて少し後フェリーおもむろにバスを吐き出す

礼文への船のデッキに海見れば手すりは北の冷たさにあり

香《カ》深《フカ》なる異国の響きの名前もつ港に着きぬ日の沈む頃

算学神社

保存されし旧製図室の片隅に今は使われぬ座高計すわる

（松阪工業高校）

長き線路せき止めるようにがらんとしたホームに下がる駅名「もじこう」

ル・コルビュジェの設計による美術館はむしろ控えめに絵画を立てる

甲子園口熊野神社の隅に立つ算学神社にヤブ蚊の多し

「この電車先ほど熊と衝突し…」物珍しさが不安より勝つ

オフシーズン平日のホテルの広い部屋年を取るのも悪くないかも

ボタン押して聞こえる斎藤茂吉の声があまりにも予想通りだったので

サルミアッキ

落日に逆らって空を飛び続け降り立てばもう夜の白い国

週末の賑わう市にムーミンの幟はためくヘルシンキの街

北欧の外壁黄色い色目立ち空の青さを確実にする

世界一まずい菓子との触れ込みで食べるサルミアッキさほどにあらず

「貧相」と日本人ガイドがケチつけるスウェーデンの城を見せられている

議事堂にて政治の仕組みをほめちぎるガイドは城より生き生きとして

昼ブランド、夜スーパーで買い物するひとり格差の北欧旅行

しわしわの肖像は誰『ピッピ』書きしリンドグレーンの微笑むお札

氷雨降っても演歌にならぬベルゲンに思いは募る米が食べたい

ベルゲンの魚市場の片隅にそれは売られるSUSHIと書かれて

河ではなく海水ですと船のガイド　フィヨルドの海深く切れ込む

グリーグのピアノコンツェルトの冒頭がなだれ落ち来るフィヨルドの谷

フィヨルドは東尋坊の何倍と子に聞けばそんなとこは知らん

似たような母娘が五組いるツアー「昨日は叱られませんでした？」

石川から来た八十のおばあちゃんノルウェーの木苺たんと摘み食べる

唐突に乗っているバスの止められて運転手さんの労働調査

有名な「叫び」のとなり大好きな「マドンナ」に会うムンク美術館

フラッシュを焚かねば撮影オーケーの美術館に絵は低めに掛かる

ここへ来てコンタクトレンズ外しやすし北欧の空気乾いています

シェークスピア没後きっかり四百年のクロンボー城に見る「ハムレット」の劇

アンデルセンが借りた家二軒は隣り合い運河の歴史を華やかにする

飛行機の窓から見える日の出の色翼の向こうをいつまでも染める

帰り来てスウェーデン車のCMにガムラ・スタンの教会の塔

よーれいほー

さざ波が真夜に小舟を推す音を聞きつつ眠る常神《つねがみ》の宿

投げられた石ころのようにころころと転がってみたい草千里浜

「日本のチロルの里」ににっぽんの霧雨は降る　よーれいほー

遊覧船の艫の間近を飛ぶ鳥に目配せをして投げるえびせん

ゆるいカーブに黄色い後尾《テール》が消えてゆく何も見えねどあの先に富士

世の果てに連れて行くような船に乗るさびれた小さな船着き場から

日帰りで極楽へ行って来ましたというような旅佐久島の春

ベトナムの花

人生に初めて「EARL《（うなぎ）》」を使いたりベトナム行きの飛行機の中

わが前の入国審査のお兄さん勤務中のあくびはだめよ

ハロン湾のハは降りることロンは龍　昇り行かずに降りてくる龍

おりてくる龍を恐れてかハロン湾に鳥はたったの一羽にて飛ぶ

ハロン湾と生春巻きがお目当ての親子の旅はお気楽に過ぐ

「トランプが来ています」のでハノイじゅうの名所旧跡どこも降りられず

アセアンの大き看板並び立つミーケ・ビーチに白波は打つ

初めての海外カード使用歴はダナン空港のコーヒー二杯

ベトナム語の空港アナウンスのおしまいがアッチョンプリケーと聞こえて

どこかしら日本の花に似た花があちこちに咲けどみな違う花

ホテルの庭あれはジャスミンと心得てメイドに聞くもI don't know.

フエの遺跡に一輪咲いた沙羅双樹の花はおもいもかけない色で
ただ一つガイドが答えてくれた花それは火炎樹スマホ頼りに
ミーソンのジャングルに密と建つ遺跡を近代兵器は空から穿った

五日いて使う紙幣はドルと円ベトナムはアメリカに勝ったはずだったのに

日本はアメリカに負けたとはいえどドルは日常使われておらず

ベ平連の運動も今は遠い昔ベトナム戦争を娘は知らず

手芸好きの妹が怒りだしそうな手提げ袋の安さきれいさ

ベトナムの十二支には何と猫もいて土産の刺繡に愛嬌振りまく

猫年といつもうそぶいていた父は安南十二支知っていたろうか

学校の建物はどの国も同じらし小さな門とバスケットゴール

「うたごえ」

むかし行ったティファナの国境入り口は動物園のようだったけど

四日後に迫るサミット名鉄の金山駅のゴミ箱も封鎖

天つ日が強すぎるからとする蓋を九電は今すぐ原発にせよ

梅雨空にダチュラ群れ咲き警告は崩壊に追いつかぬかもしれず

磁気カードねじ込むようにタッチして広い世間にわれは入りゆく

LINE上に次々写真アップされ虹のリレーのアンカーとなる

壁の穴を出入りするだけのネズミでいいネット社会が人の世ならば

卒業と言われ初めて名を知りぬナントカ坂のセンターの人

「うたごえ」に口ずさんでいる日本が貧しく豊かだったころの歌

傘は持たない

キスを迫るあなたの顔が暗がりでムンクの叫びに一瞬見えた

タカクラケンタカクラケンとドラマーは練習するっていつもの嘘を

薬指にしかはまらぬ指輪を強引に買ってあの人に許された夏

あの人とふたりの時のみ輝いた曲だったのだもう誰も知らぬ

遠ざかる影を追いかけて行くことはたとえば一人の着衣水泳

あの曲はついに歌われずライブ終わる彼にとっても過去の恋歌

＊

もう少し強引がいい　ほら手首細いでしょうと触れさせている

背後から人が近づく「おはよう」と彼が声かけた頃の匂いまとって

二本の時あなたは遠のく一本だとかなり近づく　傘は持たない

森にて

七夕の夜に出会った私たち一年に会える回数どれほど
一生《ひとよ》にて会う回数が決まってるならもう会えないねあなたと私

蝶々が羽根を擦り合わすようなキスをむさぼる　真空になる

恋愛の終わるところまで行ってみたいと君が言うのに肯いている

終わりなんて考えるのはやめにして金いろの雨にしとど濡れてた

次の雨はほかの誰かのものだった　傘をさして森を後にした

愛しすぎた方が負けならばずっと負け続けていたかったあなたの森に

ジャバ・ザ・ハット

〈今ありて〉のありは文語と思うとき甲子園にまた生い茂る蔦

神戸市に兵庫区のあり横浜市に神奈川区ありて入り江のごとし

留守電に返して知らない美容室につながる日なり　トランプが勝つ

退席の機会はとうに失った　ジャバ・ザ・ハットのいる会議室

舟を漕ぎ戦車操ったベン・ハーがユダヤ人だと何度目かに知る

メーガン妃の後ろで長いトレーンが段降りるたび畳まれてゆく

冬の美術棺

魁夷描くうす墨の柳そよがせて美術館に吹く揚州の風

黙示録《アポカリプス》という絵の中ヌードの女あり戦う男もいて皆フジタ

ダビデの手に摑まれている打ち首に自らの顔描きしカラヴァッジョは

聖ヨハネは高橋一生にカラヴァッジョはあの歌手に似る冬の美術館

敗れし後リズムでウィーンを席巻したひげ濃きトルコの音楽隊は

「タージ・マハル」これ以上の美を造らせぬよう建てたる者の腕は切られしと

二人芝居の幕は降ろされテレビの前夜半に眠れぬ私が残る

「塔」のカットにエレキギターの加わりてこれはストラトそれともテレキャス

天窓

天窓の下にひと夏取り残され脚立は静かな雨の音を待つ

短くて暴力的な夏が行き長姉のような秋を待ちおり

駐車場越しにとる写真は他家《よそ》様の皇帝ダリア今年も咲きぬ

秋冷が下りきて部屋の戸を閉ざすクレッセント錠も銀に固まる

この次に会う時はもう十月だねと秋の気配を引き寄せている

読む本の紙裏に絵を見たような気がした秋の風がよぎって

着ることのなかった服がクローゼットに吊るされたまま秋はどこかへ

ビワの花

三角点の金色の鋲道に打たれ冬の気配を新しくする

寒風の落ち来る階段赤いショール巻いた女の白いくるぶし

「とりあえず途方にくれるしかないですね」暮れる雪道の車中で人が

二日続きの大雪も晴れて早天に雪玉のような月浮かびおり

風邪ひいて寝ている我に遠くからヤップだのウォーだの迫るカーリング

咳止めのシロップの味甘苦く風邪ひいた日の子供に返る

この年でまだ知らぬことある幸せ晒しの色のビワの花咲く

III

セントラル・ブリッジ

名古屋人は車が大好き百米道路のセントラル・パークのセントラル・ブリッジ

街川と呼べるものなくて町なかの車の流れに橋をかけたり

週末は屋台も並び賑わう街　人は地下から湧いて出てくる

車は地上人は地下街を通りゆき橋を渡るのはただ風ばかり

車道の上カササギのように羽根広げ白き斜張橋は黙す

〈平和園〉

村上春樹に魔都と言われた名古屋です　ゆできしめんの塔に垂れ下がる

伏見通花の散り敷くその下に地下鉄はいま車体を伸ばす

机つるは名古屋の方言なれどほかに何て言ったらいいのでしょう

このポスト生きているのとスズキ氏は宗春ポストに手紙を落とす

ローカルのバスを乗り継ぐ番組にこの前降りた「河合小橋《かわいこばし》」

大正橋から見る河川敷をシソの葉の紫がおおう見えぬ先まで

時間前に着いてしまってのぞき込む〈平和園〉の静かな暗がり

本金

酔うと父がいつもしていた話三つ戦争とリレーとあともう一つ

三十五年経って気づきぬ父の名の一字が我の名字にあること

母の残した着物に染みてとれぬものを眺めただけで再び仕舞う

留袖のおくみの裏に「本金」の文字の打たれて長き四十年

ゆたかちゃん昔の呼び名で伯母が叔父を呼んで棺の花々揺れる

たまに開ける和服箪笥の中にある亡き弟の社名入りタオル

弟の勤めていたのは建設会社タオルに残る安全標語

＊

母のような人に手渡す忘れ物母にもこんな季節があった
温かい手だわとあなたは帰り際たぶん誰ともわからぬ私に

ガラスの靴

ＢＢＱ《バーベキュウ》したことないと子に言えば友達いないのと突っ込まれるも

新しき皿の手頃さをほめる姉に妹は言う百円だったの

五歳のとき買ったガラスの靴を娘はリング・ピローに仕立てて嫁ぐ

たっぷりと抹茶の碗の運ばれて初めて訪う婿さんの実家

三ヶ月で撮られた胎児背を見せて甲殻類の悲しみにいる

ビワの実の尖りが乳房の先に似て娘が母になる日近づく

*

ウェディングドレスの裾を蹴り上げて娘の式はさばさば進む

お父さん彼はあなたに似てますと反発してきた娘からの手紙

寝返りの練習

ずっとずっと待たれていた子が生まれ来てこの世の隅が少し明るむ

宇宙船に運ばれてゆくカプセルのようなベッドにみどりごは眠る

ばあばなんて私はいやよ濁音が二つもあってちゃんもさんもない

ねがえりがうてますようにとみどりごはベッドの上で手足振り上げる

生後すぐから練習してきた寝返りがうてるようになって赤子は笑まう

笑うことの意味知るまではもう少し人見れば笑い顔つくる幼は

指ってあたし

鳥の声を幼は何と聴いている斎《いつき》の森を見上げて笑う

保育園にどんなストレス抱えるか幼の発した第一声はイーヤ（嫌）

何でもない石ころ拾ってくれる幼　あげることだけがただうれしくて

＊

泣きながら吸うべき指をさぐりしがやがて寝入りぬ　指ってあたし

わうわうと気合を入れて寝返りをしたのちみどりごひしゃげたカエルに

どっちでもよくて
「おいしいと大変おいしいが解ればいい」君の味覚に助けられている
赦すたび君はだんだん小さくなるグラス半分の水を飲み干す

一時間だけって出てったのに帰らない風呂に錠剤を身投げさせ寝る

向こうから謝らせている夕方のひとりの食事イカを炒めて

他人には何も求めるなと言われてもあながち君は他人とは言えず

お互いに小さな秘密ひとつずつ抱えてやさしいアナタとわたし

四十年共に暮らしている夫の悪い方の耳すぐに忘れる

夫の持つシャープペンシルの書き心地ほめれば芯がBなだけだよと

チャンネルを変えても？いいよという君の顔は全く納得していない

選んだのはあなただったかそれとも私どっちでもよくて夏四十年

ハクモクレン

いちどきに咲いてしまってハクモクレン空の入り口に押し合いへし合い

友からのメール開ければ本人の訃報届きぬ嘘のようなり

悲しいと言えばなおさら悲しくて黙って昼の食器を洗う

こびりついた記憶のように台紙から写真はなれずそのままコピーす

出会ったのは三大学の友好祭なかの二校は今はもうない

いつのまにあなたは俳句私は短歌《うた》を批評会にも来てくれたよね

半年前誕生日祝いを病院で年金出るねと笑いあっていた

飛騨高山〈バロー〉館内食堂の山菜定食おいしくて泣く

ふき子さん

昔うちに「ねえや」がいてと語りだす赤い大きな指輪ほめれば

舌鋒は鋭かったが心根のとても優しい人でした。

老人ホームにご主人さまと手をつなぐふき子さんとても幸せそうに

衒いなく「ねえや」の話をした人はふき子さんです　ふき子さん逝く

もう会えない

七五書店に『リリカル・アンドロイド』買いに来て岡井隆の訃報に接す

えらくまた点入りましたねと岡井隆ある日の我の高得点歌に

歌はみんな似たようなもの評論をお書きなさいと小高賢言いき

電話にて率直に歌ほめて下さったれいこさんの訃報「塔」の最後に

誠実さが伝わってくる評伝に未完でも何か褒美をあげたい

死の場面を書きあぐねている岡嶋氏を建さんは側に呼び寄せたのか

紅さんの後ろ姿が裕子さんにとても似ていて祥月八月

＊

前頭葉が狭いので『猫に未来はない』と言いいし長田弘の訃報

大好きな歌は彼女の魂しずめにならなかったか藤圭子逝く

色紙にはいつも「夢」と書いていた星野仙一夢とともに逝く

「姫川玲子」の新刊広告を見る朝　画面の玲子にもう会えはしない

守護霊

駅前のモス・バーガーにいる幽霊は都市伝説としていつまで生きる

雨粒が音立てて地に落ちる朝救急車だまって角曲がりゆく

献体して棺すらない葬式の果ててからんと明るい会場

旧街道ゆっくり曲がり引きたてのセンターラインもそれに従う

朝八時の街道を赤いバイクが行くたぶん速達を届けるために

糸のように爪のようにも見える月を目の端に留め家路を急ぐ

守護霊がいるという噂のモス・バーガー　クリスマス前に閉店したり

魔法陣

一両で鉄橋渡る柿色の電車かわゆし鉄製なれど

川渡る列車の音の冷たくて忘れたい過去を引き連れてくる

廃線となった線路に蔦が生え覆い隠してくあの日の死体

いちのみや「三岸美術館」のバス停が行きはあったが帰りにはない

中学生もしも結婚したならと笑いつつ帰る素脚さらして

石ひとつ置いて消え残る魔法陣「ごはんよー」の声聞いた気もする

生ぬるき闇に溶けつつ若きらがGEO《ゲオ》でも行くかと自転車にて過ぐ

養生シート

とはいえど立ち止まったら睨まれる午前八時のエスカレーター

地上へと上がれば既に陽の射して知らぬ間に雨とすれ違っていた

シースルー・エレベーター見ゆ選ばれし箱のみ最上階にいくらし

じゃあパパは車の中で待ってるとエレベーターに消える半ズボン

ホームにて「反対じゃない？」という彼女に「まあいいや」と言う彼って

養生シートという魔法かけられて前の建物が思い出せない

コンビニの扉に高さ計測の目盛りある訳はたぶんソレです

銀色のケージは空から降りてきて資材をすくう生かしおくため

「りぼん」の付録

犯罪者は北へ逃げるのが常ですと西村京太郎彼の記念館に

『斜陽』ほどでなくてもいいけどスウプのときそんなに頭を下げちゃだめだよ

南吉なら「手袋を買いに」がいい　人が優しくキツネは死なない

あの頃の友情は「りぼん」の付録一度遊んだら壊れてしまった

当帰四逆加呉茱萸生姜湯読み進む異なる歌集に現れておかし

清くんが死んだよと言われ清くんは思い出の沼から立ち上がり来る

栓抜き

カーテンの隙間を洩れてとんでもないところを照らす朝の光は

抽斗のこの段だけと片づけて探しものまずひとつ見つける

夜も更けてシンクの縁の溝に添い擬態している銀のマドラー

新聞に天気を見ようとした筈が占いに嵌まり洗濯に戻る

水をやると咲く花五種類あることの我が家まだまだ大丈夫なり

もう何年も使っていない栓抜きを捜す父の日のビールの小瓶

切られるものが何も載っていないまな板に昨日のドラマの凶器の包丁

わけもなく擦り下ろされてレンコンはまずは自分の穴を埋めゆく

赤ペンのインク

本体をもって買い物メモに書く「ジェット・ストリーム0.7ミリの替芯」

上質の形状記憶持つ髪を乾かしながら古りゆく思い

しまう時痛まぬように外しおくボタン・ホールは簞笥に安らぐ

ベランダに出した片足に夕陽射し思い出される昔の遊び

教室の偉人全集開いては享年だけを読み上げる子ら

架けた日も風にカタカタ鳴っていた看板外し教室閉じる

教室をやめてつまらぬことの一つ赤ペンのインクの終わるを見ない

消化管

片方の靴だけを盗む泥棒が現れて夜の列車は傾ぐ

真夜をゆく特急の中片靴の女が眠る切ない夢に

赤と青のリボンが数多太ももから生えてくる夢浅き眠りの

貴人ならぬあなたと私に膝行を迫るロフトの低い天井

幸せな時も大けがした時も出るドーパミンよくできてます

二穴パンチの一穴だけを使う時の空打ち側のような虚しさ

「消化管は体外です」と地下鉄のポスターにありて裏返る体

あなたでも私でもない人たそがれに私の胸のボタンをはずす

仕合せ

王冠とハートが並ぶデンマークの穴あき硬貨友のお守りに

歌の中で親を死なせてはなぜいけない本当の時詠えないから

仕合せと書かれるときの幸せは藍色木綿の着物姿で
目薬を差したすぐ後来る苦さ忘れかけてた後悔に似て
らしからぬことをしてひと日落ち込みぬ頭が他人のままに働く

ペットボトル

生きた木が一本立っていることが島の証と　鳥も通いぬ

飲みさしのペットボトルを枕元に置いて眠れば旅先のごとし

朝に乗る電車の小窓に〈自由〉とだけ記されていて運ばれていく

地下駅のホームに無人のエレベーター少しはずんでひっそり止まる

近くだから傘をささずに歩いていくこの雨がやがて止むところまで

あとがき

二〇一四年の『水の影』に続く、第三歌集です。第一歌集を二〇〇七年に出したので、七年ごとに出していることになり、蟬みたいだなと思います。二〇一四年の秋ごろから、最近までの短歌三二三首と、長歌一首その反歌一首を収めました。

この七年間にいろいろな事がありましたが、特に昨年は、尊敬する歌人お二人が亡くなりました。長く歌会の重鎮でおられた岡井隆氏と、塔の名誉会員でいらした早﨑ふき子さんです。

岡井氏には、回数は少なかったですが、東桜歌会で、そして早﨑さんには塔の東海歌会で長きにわたり、ご指導いただきました。お二人には第一歌集に栞文を書いていただきました。

その栞で、岡井氏が、私のことを「本来は多分、社会派の歌人」と書いてくださり、またそれ以前にも、社会詠が褒められることが多かったので、自分でも意識して詠むようになりました。

第一歌集も、第二歌集も、時事詠から始めることになり、それを哀しいことと思っていました。なぜなら、時事には悲しい事件や戦争などの事柄が多く、そのことに想いを馳せると、歌い方に配慮しても、どうしても気持ちの沈む歌が多くなります。それで、次の歌集では、時事詠も全体に散らばせようと思っていました。身の回りに社会的事象を詠む機会が増えていると思ったからです。

ところが、一年半前、そういってはいられない事態が起きました。新型コロナウィルスの感染拡大です。身の回りの事象すべてが、時事詠になるという事態になりました。そこで今回も、今も続くコロナ禍の歌をⅠ章にまとめることにしました。さらに哀しいですが、仕方ないと思っています。

歌集の題を『CLOUD《クラウド》』としました。英語で雲の事です。集中にパソコン用語のクラウドを詠んだ歌があり、それは少し否定的なのですが、青空をゆく雲を眺めるのは好きですし、英語では「もやもやしたもの」という意味もあって、コロナ禍の胸中にも通じるものがあり、また意味の多様性にも惹かれて題としました。

内容は、Ⅰ部は、コロナ禍の歌を冒頭に、その他の社会詠を。Ⅱ部は旅行詠、恋の歌、芸術を詠った歌が中心になっています。Ⅲ部は私が勝手に「地上三〇センチの奇蹟」と呼んでいる、身の回りの歌がほとんどです。

Ⅰ部の終わりに、「転生」という長歌がありますが、これは、第二歌集を出したとき、批評会に来てくださった「未来」選者の加藤治郎さんが、集中の同名の一連に対して、これをもっと歌数を多くしてみてはとおっしゃったのです。そこで、いろいろ考えたあげく、初めて長歌に挑戦してみました。反歌は、前作のうちの一首にしました。

吉川宏志主宰を初め、塔短歌会の皆さん、とりわけ、毎回真剣な意見を交わす、塔の東海歌会の仲間たち、いつもありがとうございます。

また、広い視野を与えてくれる、中部日本歌人会の皆様には、お世話になり感謝しています。

そして、荻原裕幸さんを主宰とする東桜歌会の皆さんは、常に新鮮な空気を私に吹き込んでくださいます。本当にありがとうございます。

最後になりましたが、この度の出版に際しいろいろお世話くださった永田淳さん、クールで素敵な装丁をしてくださった濱崎実幸さんに、御礼申し上げます。ありがとうございました。

ここには、いろいろな歌がありますが、どこからでも読んでいただいて、一首でもお心に留まる歌があれば、うれしく思います。

吉田　淳美

二〇二一年九月

著者略歴

吉田　淳美（よしだ・きよみ）

1953 年　愛知県生まれ。名古屋市在住。
1993 年頃より作歌を始める。
2000 年　塔短歌会入会。現在に至る
2007 年　第一歌集『クレセント・ムーン』刊行
2014 年　第二歌集『水の影』刊行

現代歌人協会会員
中部日本歌人会役員

塔21世紀叢書第403篇

歌集　CLOUD《クラウド》

初版発行日　二〇二一年十一月三十日
著　者　吉田淳美
名古屋市天白区平針三―二七〇七（〒四六八―〇〇一一）
定　価　二五〇〇円
発行者　永田　淳
発行所　青磁社
京都市北区上賀茂豊田町四〇―一（〒六〇三―八〇四五）
電話　〇七五―七〇五―二八三八
振替　〇〇九四〇―二―一二四二二四
http://seijisya.com
装　幀　濱崎実幸
印刷・製本　創栄図書印刷

ISBN978-4-86198-518-8 C0092 ¥2500E